这本书属于

第____号怪怪特工

....

图书在版编目（CIP）数据

神秘小矮人 /（瑞典）马丁·维德马克著；（瑞典）克里斯蒂娜·阿尔夫奈绘；徐昕译. -- 北京：中信出版社，2024.8. --（怪怪特工队）. -- ISBN 978-7-5217-6762-9

Ⅰ. I532.84

中国国家版本馆 CIP 数据核字第 20241CR790 号

NELLY RAPP OCH DE SMÅ UNDER JORDEN (NELLY RAPP AND THE GNOMES IN THE BASEMENT)
Copyright © 2016 by Martin Widmark
Illustrations copyright © 2016 by Christina Alvner
Published by agreement with Salomonsson Agency, through The Grayhawk Agency.
Simplified Chinese translation copyright © 2024 by CITIC Press Corporation
ALL RIGHTS RESERVED

本书仅限中国大陆地区发行销售

神秘小矮人
（怪怪特工队）

著　　者：[瑞典] 马丁·维德马克
绘　　者：[瑞典] 克里斯蒂娜·阿尔夫奈
译　　者：徐昕
出版发行：中信出版集团股份有限公司
　　　　　（北京市朝阳区东三环北路 27 号嘉铭中心　邮编　100020）
承　　印　者：北京联兴盛业印刷股份有限公司

开　　本：880mm×1230mm 1/32　　印　张：3　　字　数：86 千字
版　　次：2024 年 8 月第 1 版　　　　印　次：2024 年 8 月第 1 次印刷
京权图字：01-2024-3615
书　　号：ISBN 978-7-5217-6762-9
定　　价：82.00 元（全 6 册）

版权所有·侵权必究
如有印刷、装订问题，本公司负责调换。
服务热线：400-600-8099
投稿邮箱：author@citicpub.com

》》》》另一种真相《《《《

怪怪特工队

神秘小矮人

［瑞典］马丁·维德马克 著　［瑞典］克里斯蒂娜·阿尔夫奈 绘　徐昕 译

中信出版集团｜北京

你了解"怪怪特工"吗?就是跟鬼和怪物做斗争的人。

哈哈哈哈!你笑了。这是什么荒唐故事啊!世界上根本就没有怪物,至于鬼——只有幼儿园小孩才信呢!

我知道你会这么说,因为以前我也是这么认为的——可那是以前。

而现在我不这么认为了——我知道,他们的确存在。

嘘！在这次冒险行动中，你将跟随我和瓦乐去老年公寓拜访瓦乐的曾祖父。

在那里，你会遇到下面这些人。可是公寓里到底出了什么状况？好多事情都颠三倒四、乱七八糟的，还有些东西不见了……

瓦乐的曾祖父

文化花园负责人龚芙

记者索菲亚·拉尔松

推着助步车的艾尔莎

第一章
如果他们能浇浇水，把杂草稍稍割一割……

汽车行驶在乡间的一条**羊肠小道**上。瓦乐和我坐在公共汽车上，我们要去拜访瓦乐的曾祖父，不久前他刚过了自己的生日。

"他一百零一岁了。"瓦乐说。

"这真让人羡慕。"我说。

"他叫龚纳，"瓦乐看着窗外说，"他以前是个摄影师。"

这是八月里一个炎热的夏日。天空湛蓝，金

黄的麦子正在等待收割。再过几天我们就要开学了。

"你曾祖父现在还摄影吗？"我问。

"不像以前那么多了，"瓦乐回答说，"现在他主要研究鸟类。"

"鸟类？"我惊讶地问。

"他是鸟类学家，专门观察鸟的。"

瓦乐按下"停车"键,汽车停了下来,噗的一声打开了车门。

一条长长的碎石路在田间延伸开去,通往一栋非常漂亮的老房子。一块蓝色的路牌指向那里,上面写着:文化花园。

瓦乐朝那块路牌努努嘴,我们开始沿着这条碎石路往前走。一只百灵鸟在我们头顶歌唱,路边沟渠旁飘来野花的香味。

"你曾祖父在这里过得应该挺不错吧?"我说。

"嗯,"瓦乐说,"你看,在他住的那栋房子附近,有一只啄木鸟。"

瓦乐指了指离老年公寓不远的几棵大树。

"不过,"瓦乐继续说,"他说他最近有点儿累,所以我想我们可以来给他增添些活力。"

瓦乐露出了微笑,晃了晃他手里的一个袋子,

怪怪特工队

那里装着我们买的面包。

这时一辆汽车从我们背后驶来,我们让到路旁。车身上写着"特稿日报"几个字,开车的女人向我们挥了挥手。

神秘小矮人

"发生什么事了吗？"我看了看瓦乐，"我是说，这家报纸为什么来这里？"

瓦乐摇了摇头。

在碎石小路的尽头，一座巨大的花园展现在面前。天气很热，我擦了擦额头上的汗。

瓦乐看了看花园四周，**自言自语**："如果他们能浇浇水，把杂草稍稍割一割，这里会是一个非常漂亮的地方。"

我看见那些花和灌木在热浪中一副**垂头丧气**的样子。在一棵大树下的草坪上立着几个门球的球门，四根球杆靠在树干上，草地上有三个色彩鲜艳的球。一个绿色的，一个黄色的，一个蓝色的。

这场地看起来不错，很诱人的样子，可惜没有人在玩儿。也许是因为天气太热了，我想。

"貌似少了一个球，"瓦乐说，"红色的那个。"

来自《特稿日报》的记者把她的车停在了老年公寓门外的碎石路上。当我们走近的时候，那扇大房子的门开了，一个穿着白色大衣的女人来

到了门口的台阶旁。

"欢迎光临，"她冲那位记者笑着说道，"我叫龚芙，是文化花园的负责人。"

记者关上车门，把挂在肩膀上的照相机扶正，跟负责人握了握手。

"我叫索菲亚·拉尔松，《特稿日报》的记者。"

瓦乐和我也走到了台阶前。

"我们来拜访我的曾祖父。"瓦乐说。

龚芙转向我们。她面色苍白，眼睛通红，看起来非常疲惫。

"他叫龚纳。"瓦乐解释道。

"你们是谁？"负责人问。

她的声音听起来有点儿累。

"我叫瓦乐，这位是我的朋友奈丽。"

"龚纳在会议室里。"龚芙说。

怪怪特工队

说完,她把注意力转回那位记者,脸上又露出了微笑。记者也朝她笑笑,指了指自己的照相机说:"嗯,我们报社想要给文化花园做一个报道。"

索菲亚递上一张名片。

"太好了。"龚芙有些疲惫地说。

听得出,这位负责人有点儿**言不由衷**。

"欢迎来到'物有所值'护理有限公司旗下的

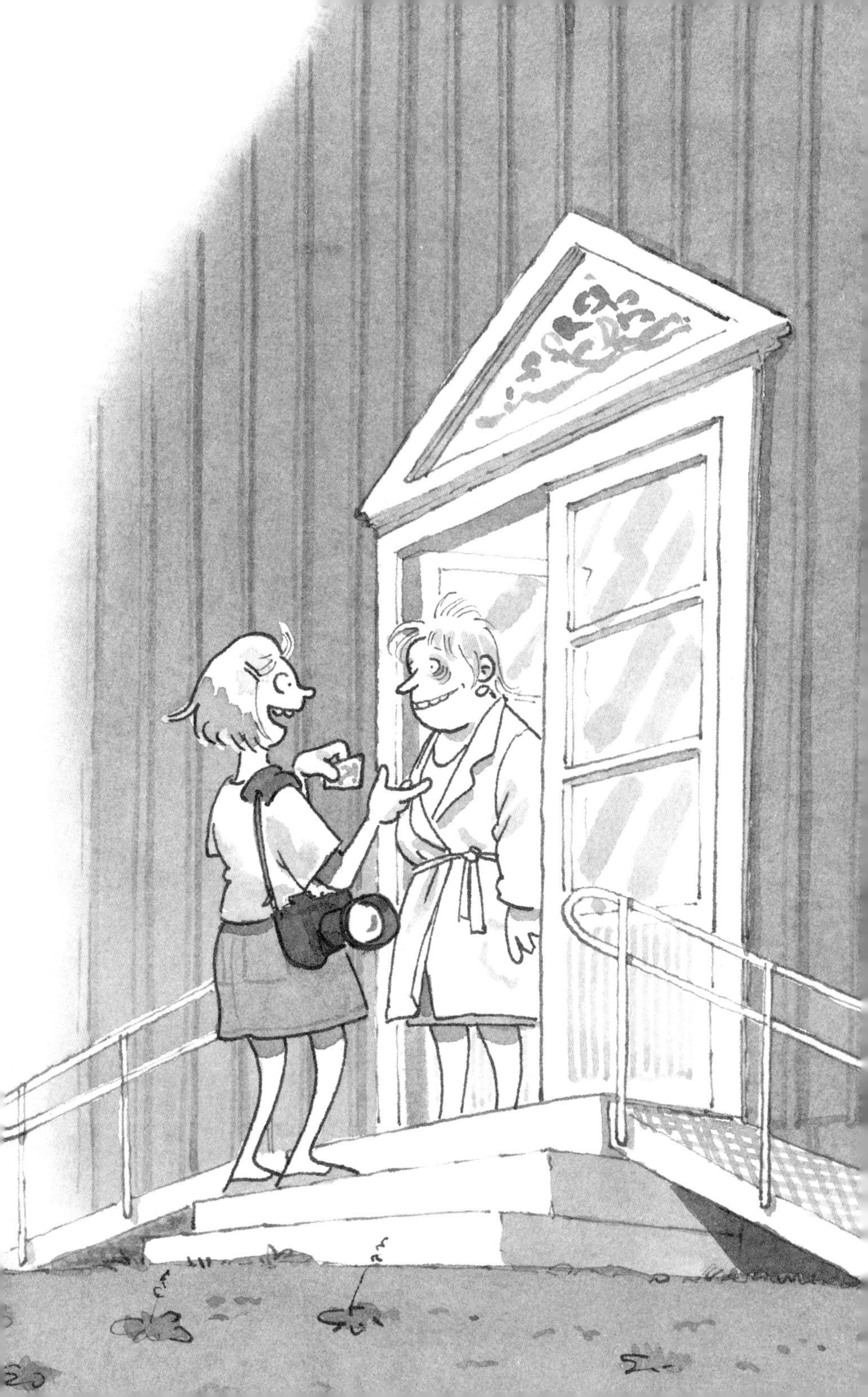

怪怪特工队

老年公寓——文化花园。"

龚芙和索菲亚·拉尔松进了门,瓦乐和我跟在后面。

走进门厅的阴凉之中,我们看见龚芙把索菲亚的名片放在了门边的一张桌子上。

瓦乐和我东看看西看看。门厅很大,阳光透过高高的窗户,轻盈地洒了进来。

这时瓦乐皱起了眉头。

"他们也许应该把玻璃擦一擦。"他小声对我说。

我点点头,看见一扇窗户上还挂着蜘蛛网。

这时我们突然听到一扇门的背后响起了一声尖叫!

第二章
他们又拿了一个橘子！

那扇门被撞开了，一位头发花白的老奶奶推着助步车冲了出来。

"他们又来了！"她尖叫道。

索菲亚·拉尔松好奇地看着这位愤怒的老奶奶。

"谁又来了?"索菲亚问。

"当然是那些小矮人!"老奶奶生气地说。

索菲亚·拉尔松从口袋里掏出一个笔记本。

"小矮人?"她看着面前这位愤怒的老奶奶,不解地说。

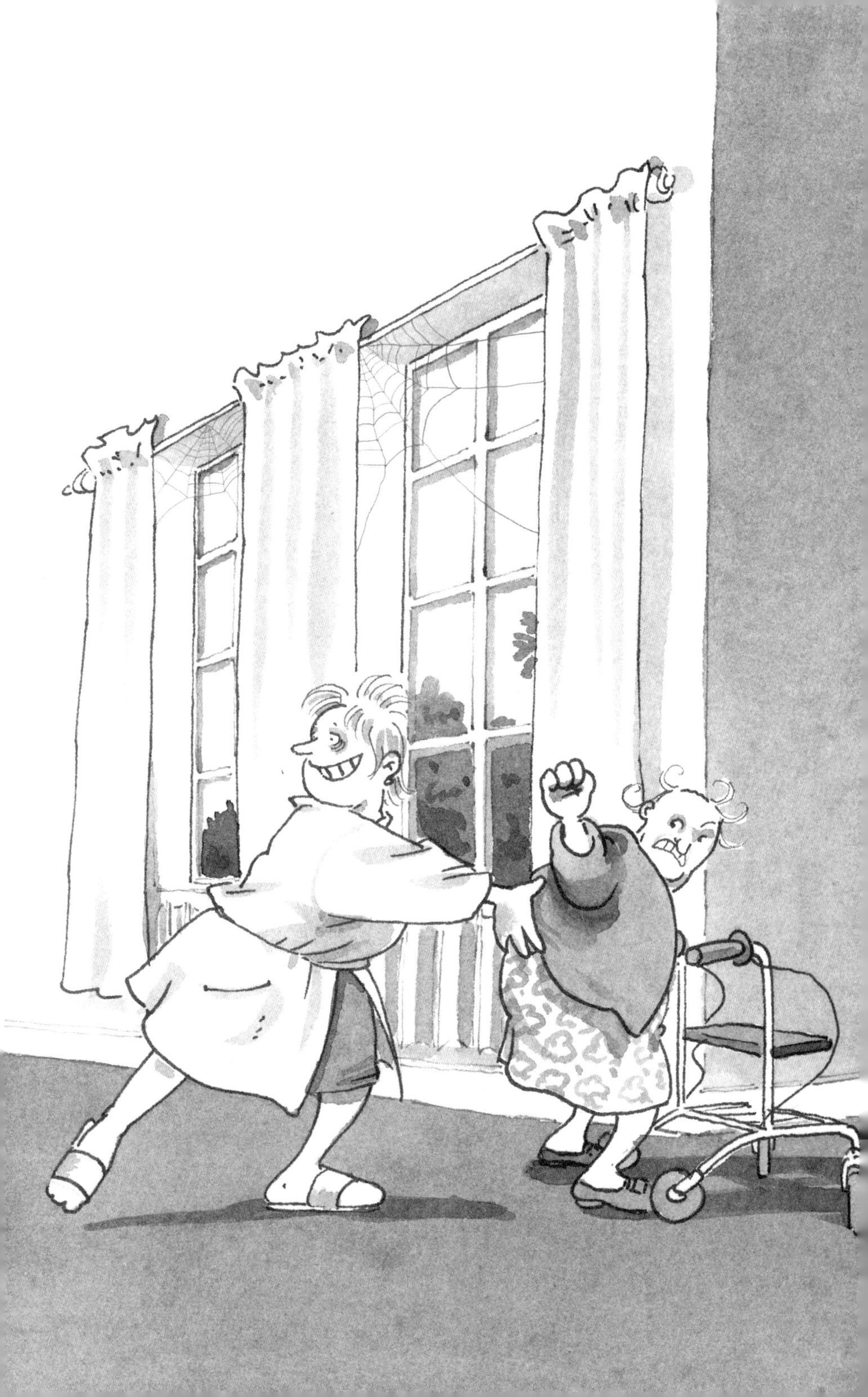

怪怪特工队

"他们不仅偷东西还捣乱！这次他们又拿了一个橘子！上星期他们从我的浴室里偷了一个灯泡，然后跑进了地下室。来，我带你去看！"

老奶奶朝一扇门指了指。龚芙朝她笑了笑，说："好吧，艾尔莎，请平静一下，你必须得考虑一下你的心脏。放心，我肯定会把橘子和灯泡都找到的。"

龚芙帮艾尔莎把助步车掉了个头，对她笑了笑。艾尔莎**喃喃自语**地推着车走掉了。

文化花园的负责人对记者笑着，说："哈，看这些老人，他们有时候会**胡言乱语**。小矮人？我可从来没听说过这么疯狂的事情。"

小矮人，我想，我在怪怪特工学院的老师列娜－斯列娃曾经讲过很多关于他们的故事。

他们有点儿类似于小精灵，住在地下，喜欢

在人类的房屋和花园附近活动。只要人类家里发生什么不对劲儿的事，大家通常都会怪罪到小矮人身上。比如有东西少了，我们会说那是小矮人偷的。再比如有人生病了，那一定是小矮人的错。如果发生了什么不幸的事，也是因为小矮人来过了。

列娜-斯列娃曾说过，所有关于小矮人的这些说法也许都只是人们想象出来的。她从未亲眼

见过小矮人。"很简单,大家需要找个人来推卸责任。"我的老师解释说。

她说,怪怪特工必须能够把真正的鬼怪和那些人们想象出来的"鬼怪"区分开来。所以列娜-斯列娃不相信有小矮人存在。但是显然那位推着助步车的老奶奶艾尔莎却很相信。

索菲亚·拉尔松把她的笔记本放回口袋,眼睛看着那位老奶奶,此刻那扇门在她身后关上了。

"会议室在哪里?"瓦乐问。

龚芙转过头来,惊讶地看着我们,仿佛已经忘了我们的存在。然后她指了指另一扇门。

"瓦乐!"龚纳见到我们的时候,喊了出来。

瓦乐的曾祖父坐在窗前一张漂亮的扶手椅里。窗台上放着一台带着长镜头的大相机。

"他肯定是在观察那只啄木鸟。"我们走过去

的时候，瓦乐在我耳边小声说。

天气很热，老爷爷老奶奶们都坐在椅子上打瞌睡。我们很有礼貌地向他们打招呼，但没有人对我们的到来做出反应。一位伯伯下巴垂到胸口，打着很响的呼噜。墙上有一台钟在那里嘀嗒嘀嗒地走着。

我们来到瓦乐的曾祖父龚纳跟前，瓦乐给了他一个拥抱。龚纳朝我笑了笑。

"你看见啄木鸟了吗？"瓦乐问。

龚纳满意地点点头，接着又打了一个大大的哈欠。

"但今天没有看到，"他回答说，"我刚刚才起床。"

我看了看钟，这会儿已经是下午了！

"这位是我最好的朋友奈丽，"瓦乐接着说，

怪怪特工队

"我们带来了面包。"

"四点钟的时候我们喝过咖啡了,所以我真不

知道该请你们吃点儿什么。"

"我可以再去煮上一点儿咖啡,"我说,"厨房在哪里?"

龚纳指了指一扇门,我朝那里走去,恰巧瞥见会议室的墙上挂着一块告示板,于是我走过去看了看。

文化花园本周活动:

周一　20:00—21:00 歌剧

周二　20:00—21:00 关于法国艺术的讲座

周三　20:00—21:00 钢琴音乐会及戏剧演出

周四　20:00—21:00 吉他演奏会

周五　20:00—21:00 管弦乐队伴奏舞会

哇,这儿的活动非常有趣啊,我心想,今晚会有人来做关于法国艺术的讲座。

我打开厨房门,惊讶地站在门口。这里面看

怪怪特工队

起来就像刚刚经历了一场大风暴!

没有洗的平底锅和盘子在洗碗池里堆成了山。地板上都是土豆皮,买来的食品放得到处都是,那些餐具也堆得**乱七八糟**。

我在台子上找到了一个咖啡壶,里面还剩着

半壶咖啡。我闻了一下,发现这是好几个小时之前煮的咖啡,就把它倒掉了。

我在一个橱柜里找到了咖啡粉和滤纸,重新做了一壶。

然后我站在那里,一边等待咖啡机咕噜噜地做咖啡,一边想那些工作人员都上哪儿去了。这么大一个地方,还应该有厨师、园丁、保洁员和其他工作人员才对。

咖啡做好了,我把咖啡壶和三个杯子放在托盘上,回到待在会议室的龚纳和瓦乐那里。

第三章
那个球看起来就像一个巨大的沙滩球

我端着托盘回到会议室的时候,龚纳正向瓦乐展示他用那部大相机拍摄的照片。瓦乐向前探着身子,好奇地看着相机的屏幕。

"这张照片是我昨天很晚的时候拍的,大约七点半光景。"龚纳满意地讲道。

"很晚?"瓦乐问,"你觉得七点半很晚吗?"

龚纳没有回答他这个问题,而是再一次打了一个大大的哈欠。

我往我们的杯子里倒上咖啡,瓦乐从袋子里拿出面包。这时龚纳把相机的屏幕转向我,好让我也能看见。

照片上,一只黑白相间的啄木鸟立在一棵大树上。那时太阳正在下山,照片显得有点儿暗。不过龚纳把图像放大了,我们可以非常清楚地看见那只鸟。

"它好漂亮啊!"我说。

龚纳朝我笑笑,然后看了看墙上的钟。

"我们马上就要上床睡觉了。"他说。

墙上的钟显示现在是下午四点四十五分。

"你们要睡午觉吗?"瓦乐问。

龚纳笑了起来,回答说:"龚芙经常说,好好睡觉胜过吃任何药物。"

"龚芙就是那位负责人?"我问。

怪怪特工队

"对，她是我们这里最大的头儿。"龚纳说，"唉，这女人太辛苦了，从早忙到晚。"

随后他把那张啄木鸟的照片缩回原来的大小。我们又看了一眼这张照片，我发现这上面的树正是那些球杆靠着的那棵。

龚纳正准备按到下一张照片，我突然看见屏幕的右下角有一个什么东西。

"等一下。"我说。

瓦乐和他的曾祖父惊讶地看着我。

"看那儿！"我说，"你们看到了吗？"

龚纳把我指的那个区域放到最大，这使得照片变得模糊了一些，但我们仍然可以清楚地看见上面的东西。

"真的，"龚纳说，"这个小人儿是什么呀？我以前从来没见过！"

"你大概只注意看那只啄木鸟了吧？"瓦乐说。

在那棵树的根部，我们可以看到一个小小的身影正在搬运一个红色的门球。他非常小，在他的怀里那个球看起来就像一个巨大的沙滩球。龚纳恰巧在这个身影要走进树干背后时拍下了这张照片。

我知道这可能是什么了！可如果这样的话，列娜-斯列娃就错了！这有可能吗？

"这是什么？"瓦乐问。

"我不太确定……"我说，"但我觉得……"

我没有接着往下说，因为这时龚芙和那位记者走进了会议室。她们走到告示板前面，龚芙讲解道："拥有这栋老年公寓的'物有所值'护理有限公司，认为文化对于老年人的照料来说是非常

怪怪特工队

重要的。"

　　索菲亚点点头，在她的笔记本上做了记录。她评论着告示板上的内容。

告示板

文化花园本周活动

周一　20:00—21:00　歌剧
周二　20:00—21:00　关于法国艺术的讲座
周三　20:00—21:00　钢琴音乐及戏剧演出
周四　20:00—21:00　吉他
周五　20:00—21:00　管弦乐队伴奏

"我看今晚是关于法国艺术的讲座，明天有钢琴音乐会和戏剧演出。很不错嘛。"

龚芙点点头，伸出手朝屋子里的老人们指去。这会儿他们中的很多人已经靠在椅子上睡着了。

"正是因为这些活动有很高的质量，使得成百上千的老人排队等着住进我们的文化花园。"

索菲亚继续在她的笔记本上做记录。

"文章什么时候见报？"龚芙好奇地问。

"打算安排在两天后。"那位记者回答。

墙上的钟清脆地敲了五下。龚芙迅速地朝它看了一下。

"哎，现在我得发药了，然后我要为那位来讲法国艺术的教授做准备工作。在此之前，所有人都要去上床睡觉。"

索菲亚·拉尔松惊讶地看着她："他们要上床

睡觉了？"

"呃……我是说，在此之前，所有人都要去吃饭。"龚芙更正道。

索菲亚因为这个误会笑了起来。可我却看着文化花园的负责人沉思起来：这些事情之间会不会有关联呢？究竟是怎么一回事呢？

第四章
地下的隧道和房间

记者索菲亚·拉尔松感谢龚芙抽出时间带她四处参观并回答了她的问题。索菲亚说,把她的所见所闻写下来,告诉大家文化花园的老人们过得这么好,这会是一件非常愉悦的事情。

龚芙跟着她出了门,这时瓦乐的曾祖父也从扶手椅上站了起来。他握了握我的手,又拥抱了一下瓦乐,感谢我们带来的面包。他似乎已经忘了照片上那个奇怪的小人儿,只是看起来非常累的样子。

当我们来到门厅里的时候遇上了龚芙,她正端着一个托盘,上面放着许多小药杯。看到我们,她又一次表现出很惊讶的样子。

"你们还在这里?"她问。

"我们正打算走。"瓦乐说。

"这些是药吗?"我看着那些圆圆的药片问道。这些药片放在正方形的、色彩鲜艳的小塑料

杯里。

"呃，其实它们只是安眠药，"她回答说，"你们知道，好好地睡觉胜过吃任何药物。"

龚芙端着盘子上了楼。瓦乐朝大门走去，但我抓住了他的胳膊。

"咱们走之前，有一件事我要去确认一下，"我小声说，"这地方好像有什么东西不对劲儿！"

瓦乐在右边眉毛的上方挠了挠，这是怪怪特工们表示明白了的手势。

我们悄悄地穿过门厅，打开了艾尔莎——那个推着助步车的愤怒女人——走入的那扇门。门的后面是一条走廊。

瓦乐和我走了进去，把门关好。然后我们走到了另一扇虚掩着的门前，门上写着"地下室和锅炉房"。

"你觉得他们真的存在吗？"我打开那扇门的时候，瓦乐在我身后小声说。

我点点头，走下了通往地下室的楼梯。

地下室里黑黢黢的，有一股废油和潮湿的石头的气味。

我拧开开关，一盏白炽灯亮了起来。一张工作台上乱七八糟地堆满了工具，墙上挂着锯子和斧头、刷子，还挂着一个手电筒。工作台的旁边立着一个巨大的锅炉。

"他们就是在这里给整栋房子供暖的。"我说。

突然我感到鼻子发痒，猛地打了一个喷嚏。我看看脚下，发现地板上覆盖着一层厚厚的灰尘。

"看！"瓦乐蹲了下去，惊讶地说，"看这里！"

他指了指灰尘上的脚印。

"很小的脚印。"我说。

"这么小的脚印!"瓦乐大笑了起来,"就跟洋娃娃的脚那么大!"

"或者说是小矮人。"我说。

这些脚印通往锅炉旁边的一扇铁门。

"这扇铁门也许是通往烟道的。"我一边说,一边摸了一下那门。

铁门嘎吱嘎吱地打开了。瓦乐取下手电筒递给我,我把头探了进去,用手电筒照里面。

"这里面好像是一条隧道。"我小声说。

这条隧道大约有一米多高,向下倾斜着,看起来十分陡。

我看了看瓦乐,他点点头。于是我钻进铁门,爬进了隧道。

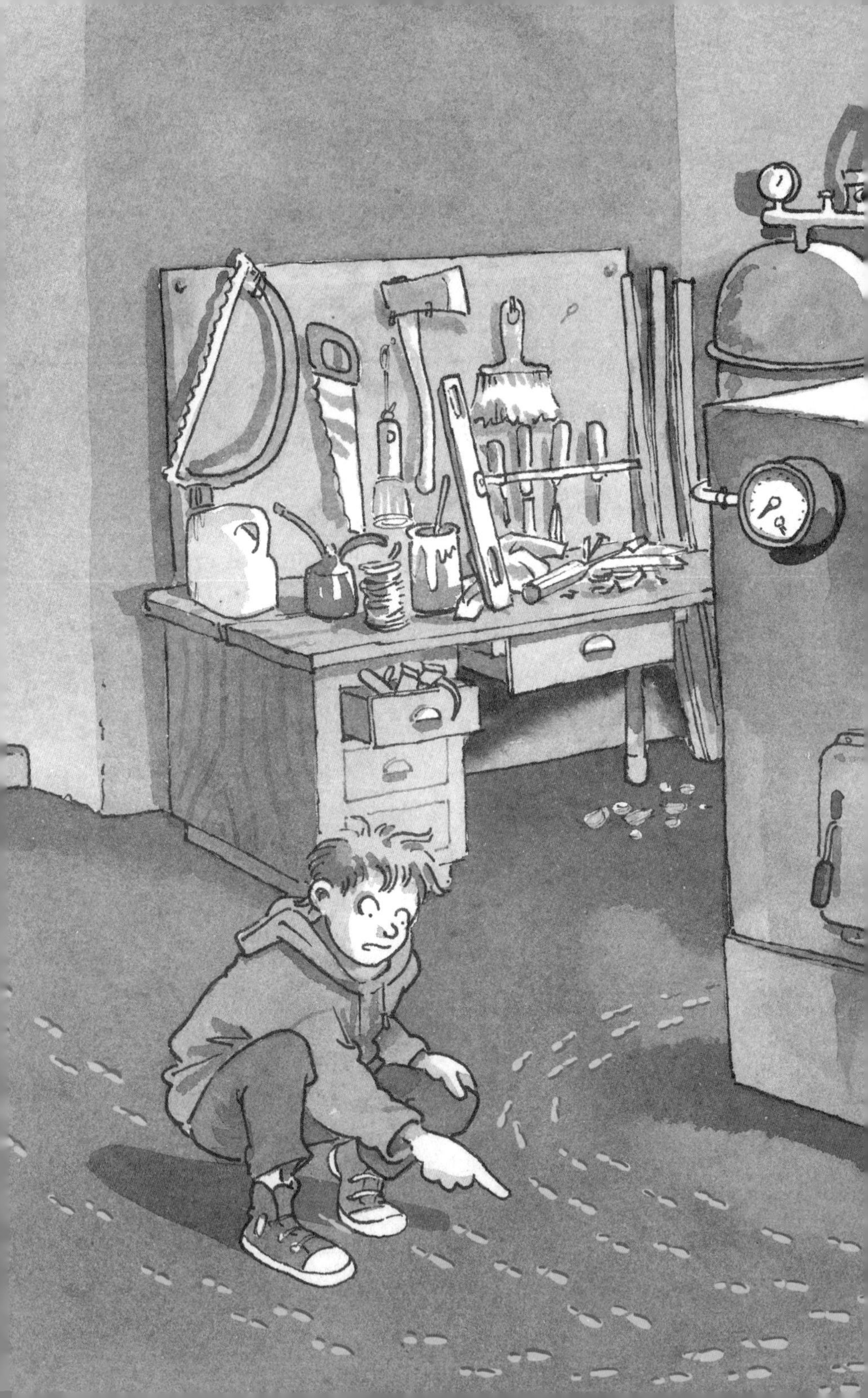

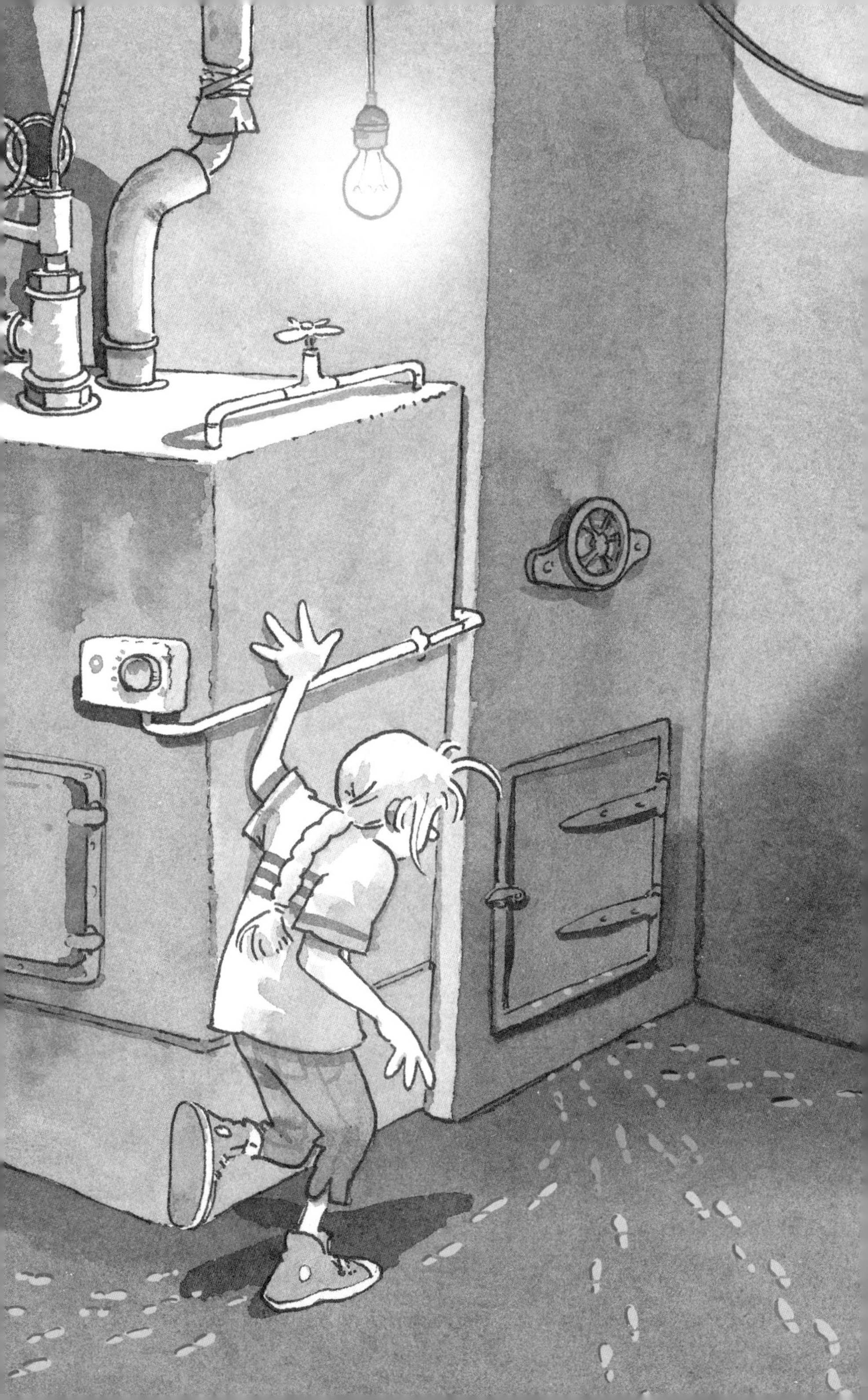

这高度刚好合适,我可以手脚并用地在里面爬行而脑袋也不至于撞到顶上。我听见瓦乐紧紧地跟在我后面。

我们尽量不出声地往前爬,一点儿一点儿地挪动。过了一会儿,我们爬到了隧道的尽头,来到一个圆形的房间里。

头顶上亮着一盏灯,于是我关掉了手电筒。天花板高了一些,我们终于可以站直身体了。

我们四下看了看,发现从这个圆形的房间出发,还有几条走廊通往不同的方向。

"一定有人住在这里,"我小声说,"否则为什么会有灯亮着?"

"我们走哪条走廊?"瓦乐问。

我们迷茫地站了一会儿,不知道该如何决定。

"如果在这下面迷路的话,会很危险的。"我说。

"好吓人啊。"瓦乐回答说。

我听出他的声音有一点儿发抖。

"镇静、知识和技巧,"我小声说,"别忘了怪怪特工们最重要的口诀。"

怪怪特工队

瓦乐闭上眼睛，做了一个深呼吸。这似乎有点儿作用。

这时，我们突然听见一些遥远的、尖细的声音从最右边的那条走廊里传来，听起来就像是小孩子在咯咯咯地笑。

神秘小矮人

"走这里。"我朝那些声音传来的方向努努嘴说。

我们走了进去,沿着那条走廊越走越深。每往前走一步,那些尖细的声音就变得越响亮一些。

最后我们来到了一扇老旧的木门前面。

我和瓦乐**小心翼翼**地把门打开。门后的情景让我们**大吃一惊**!

第五章
没有开始，没有结束——完全是圆的

地板上，一大群奇怪的人坐成了一圈。他们全都穿着同样的长衫，圆圆的、小小的脑袋上都没有头发。

这是怎么回事？我第一次怀疑列娜-斯列娃是真的错了。

我已经**迫不及待**地想把这个发现告诉她了。小矮人的确是存在的！这些小人儿真的不是人们想象出来的，他们就坐在我们面前。

神秘小矮人

地板的中央放着一样什么东西,他们所有人都非常仔细地盯着它看。那是一个橘子,一定是艾尔莎丢的那个。

"啊,它太漂亮了。"其中一个小矮人用非常尖的声音说。

"非常圆,"另一个说,"没有开始,没有结束——完全是圆的。"

有几个小矮人伸出手去摸那个橘子。

"这么光滑。"其中一个叹了口气说。

"还这么圆。"

我看了看瓦乐。他露出微笑,眼睛放着光。他似乎很喜欢这些小人儿。

"这是我的,"一个小矮人把橘子拿到自己身旁说,"是我从一个老奶奶那里借来的。"

借来的?我心想,他们会把橘子放回去吗?

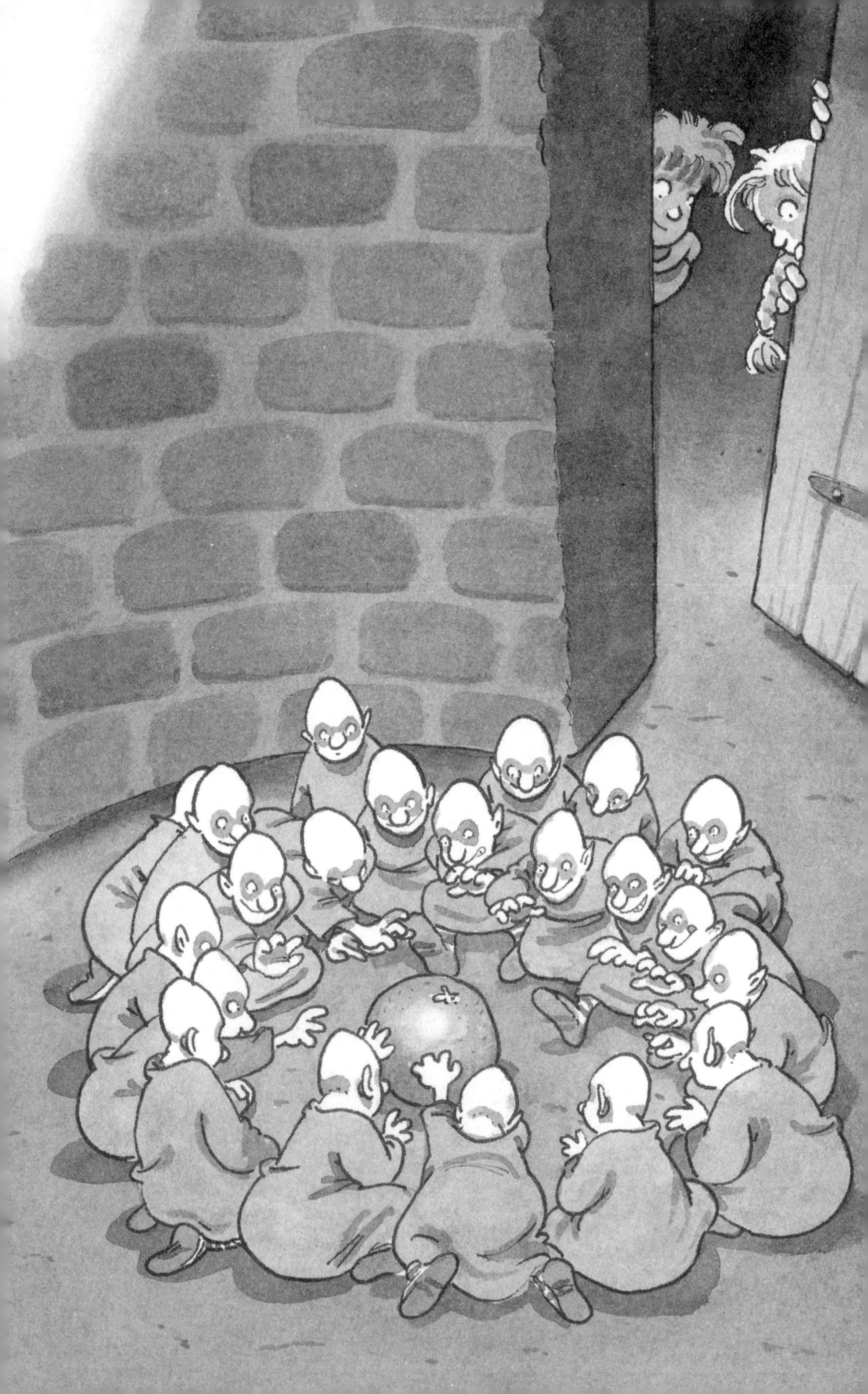

神秘小矮人

"现在我从你这里把它借过来。"另一个小矮人说着,拿走了橘子。

这下他们该吵起来了,我心想,可没想到第一个小矮人只是朝第二个点点头说:"好的,现在你从这里把它借走了。"

"他们太好玩儿了!"瓦乐小声对我说,可是他的声音还是太大了一点儿……

房间里变得**鸦雀无声**。那些小矮人全都一动不动坐在那里,没有一个人说话。

随后他们转过头来看门口,瓦乐和我正站在那里偷看他们。

"他们发现我们了！"我小声地对瓦乐说。

"他们的听力这么好！"瓦乐惊讶地说。

瓦乐、我、小矮人，我们你看看我，我看看你，安安静静地对视了好一会儿。我心想，还是打破这种沉默比较好。

我举起双手，表明我们没有危险。

"我叫奈丽·拉普，这位是我的朋友瓦乐。"我小声说。

小矮人们没有回应。

"你们是谁？"我继续用很轻的声音问，"你们是小矮人吗？"

这下他们全都点点头。其中一个终于开口了："我们是'住在地下的小矮人'。"

"这是你们的名字吗？"瓦乐问。

他们再一次点点头。

"你们在干什么?"瓦乐问。

"我们在看橘子。"一个小矮人轻声说。

"它很漂亮吗?"我问。

"它完全是圆的,没有开始,没有结束。"

这时我想起了龚纳拍到的那个搬运红色门球的小人儿,还有那个丢失的灯泡。

"你们喜欢圆形的东西,对不对?"我说。

小矮人们点点头。

"没有开始,没有结束。"他们中的一个说。

"你们在这栋房子下面住了多久了?"

"我们已经过了好几百个圣诞节了,"那个从老奶奶那里把橘子借来的小矮人说,"没有开始,没有结束。"

他们中的一个从地板上站了起来,走到我面前。这个小矮人把头歪到一边,看着我的左胳膊。

怪怪特工队

我顺着小矮人的视线,发现他在看我的手表。

"你是觉得我的手表很漂亮吗?"我问。

小矮人点点头。

"你想把它借走吗?"

"嗯。"

"我以后还能要回来吗?"

这时这个小矮人不解地看着我。

"你没打算把它偷走吧?"我问。

"不是偷,是借。"

我摘下我的手表,把它交给小矮人,他欢呼着跑了回去,坐回了那圈小矮人中间。然后他把手表举在自己面前,所有人都羡慕地看着那圆圆的表盘,看了好一会儿。

这时另一个小矮人伸出手来,拿走了手表。

"我把它借走了。"他说。

那个从我手里得到手表的小矮人点了点头。

"好的,你把它借走了。"

"来!"这时一个小矮人从地板上站起来说。

他走到另一扇门前,把门打开,然后冲瓦乐

和我招手,让我们过去看。

　　瓦乐和我往里看去,那是一间圆形的房间。一些架子沿着墙壁从地板一直排到天花板附近,架子上放着好多不同的东西——它们全是圆的。

　　那里有好多台球、几个灯泡、两枚臼炮炮弹,还有我们在龚纳的照片上见到的那个红色的门球。

第六章
小矮人的宝库

在这间圆形房间的架子上，有一个最漂亮的地方，圣诞节的装饰球在那里闪闪发亮。从我手里借走手表的那个小矮人正朝那里走去。

他把我的手表放在一个天鹅绒枕头上。我明白我大概得跟这块表说再见了，不过这没什么关系，我知道我们应该对小矮人客气一点儿。

"所有这些都是你们偷来……"瓦乐一开口，立刻就发现自己说错话了，"呃，我是说，所有这些东西都是你们从别人那里借来的吗？"

怪怪特工队

小矮人们自豪地点点头。

"你们收藏圆形的东西有多久了?"我问,"那些臼炮炮弹看起来非常有年头了。"

"没有开始,没有结束。很多圣诞节。"一位小矮人回答道。

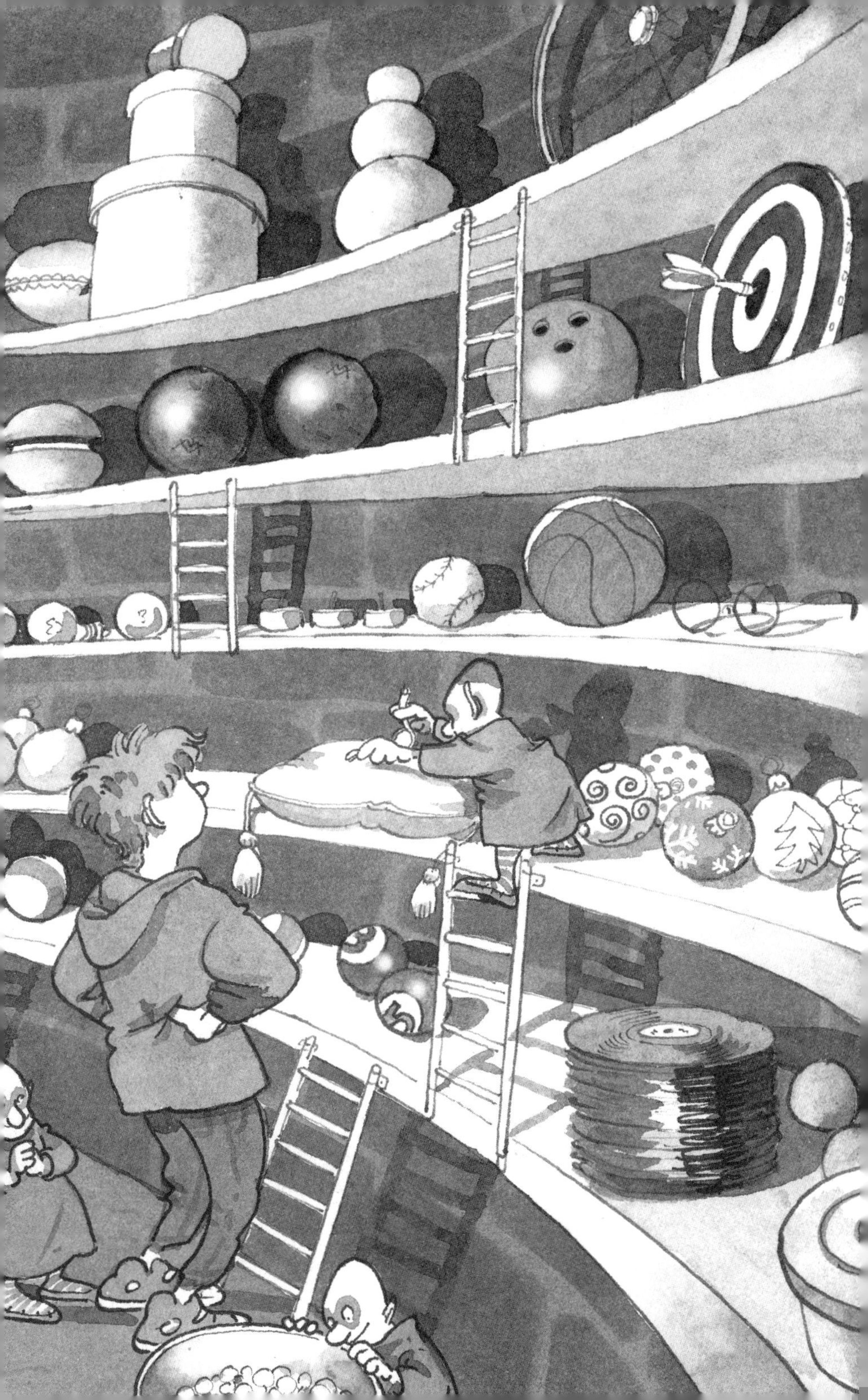

一位小矮人悄悄地走到了我跟前，站在我脚边。我摸了摸他的头。于是他向我靠得更近了。

我轻轻地抚摩着他那圆圆的、没有头发的脑袋，这时他像一只猫那样在我身上蹭来蹭去，我甚至等待着他像猫一样发出咕噜咕噜的叫声。如果我停下来，他就立刻用脑袋来撞我的腿。

瓦乐在那些架子前走来走去，小矮人们热情地向他讲述他们是如何把这些东西借来的。

"以后你们会把它们还回去吗？"瓦乐问。

"嗯。"小矮人们回答道。

"那会在什么时候呢？"瓦乐笑着问道。

小矮人们没有回答这个问题。

就在小矮人们带瓦乐四处参观的时候，我继续抚摩着"我的"小矮人的脑袋。我在想，这个文化花园——也就是"物有所值"护理有限公司

旗下的老人公寓里——到底出了什么状况？

花园里杂草丛生，厨房里餐具**堆积如山**，窗前挂着蜘蛛网，负责人看起来似乎不是那么友好，还有她都快忙死了。这里的状况一点儿都没有让人感到"物有所值"。

而最重要的是：为什么住在文化花园的老人们都显得那么疲惫？他们下午很晚才起床，而仅仅几个小时之后又上床睡觉了。龚芙说："好好地睡觉胜过吃任何药物。"

我心想，那位叫索菲亚·拉尔松的记者，肯定会在报纸上写出一篇非常正面的文章，然后会吸引更多的老人来文化花园居住，"物有所值"护理有限公司将会赚到很多很多钱！

说到文化，我开始感到非常生气。谁会去听那些音乐会、看那些戏剧演出？那些老人都已经躺在床上睡觉了！

哦，原来如此！"物有所值"护理有限公司那些聪明的股东，他们就是这么干的！

此刻瓦乐和小矮人正站在那里，往一个巨大的桶里看。

"是豌豆。"瓦乐说。

"又圆又漂亮。"一个小矮人说。

"没有开始，没有结束。"瓦乐笑着说。

又圆又漂亮，我心想，就像是……

我、瓦乐和小矮人们离开了他们的宝库。随后小矮人们跑过去，重新在地板上围成一圈坐下。他们要继续观察那只橘子。

他们往旁边挪了挪位子，好让瓦乐和我也能坐下。"我的"那位渴望被抚摸的小矮人立刻爬到了我的怀里。

"哇,它是这么圆、这么漂亮!"一位小矮人轻轻地抚摸着那个橘子说。

"我把它借走了。"另一位小矮人说。

我知道这些小矮人们会没完没了地继续下去——轻轻地抚摸这个橘子,然后互相借来借去。

我启动了我的计划。

"你们有没有见过老年公寓的负责人发给老人们的那些圆圆的、漂亮的药片?"

瓦乐不解地看着我。

"你们见过吗?"我继续问,"它们圆得非常漂亮,没有开始,没有结束。"

小矮人们摇摇头,似乎一点儿也不明白我在说什么。他们继续看着那个橘子。

我心想,如果这些小矮人每天晚上跑到地面上,在这栋大房子里跑来跑去收集所有的圆形物体，他们为什么没有把那些圆形的安眠药"借"走呢？

对了，原来是这样！我好笨啊！

"听着。"我对小矮人们说。

可这会儿，他们对我完全失去了兴趣。只有我抱着的这个小矮人在不断地要求我继续摸他的

脑袋,其他人都只盯着那个橘子看。

我叹了口气,伸出手拿过了那个橘子。有几个小矮人愤怒地嘟哝了起来。

"我只是'借'一下它,"我对小矮人们解释说,"你们现在能听我说吗?"

小矮人们点点头,听我讲了起来。我说,每天晚上那个负责人都端着一个托盘走来走去,托盘里放着小小的正方形的塑料杯。

"正方形!"小矮人们说着,摇了摇头,"有开始有结束,还有尖尖的角!"

"让我把话说完。"我说。我感到自己有点儿生气了。

"把话说完?句子的结尾应该是句号吧?"一个小矮人满意地说,"又圆又漂亮的句号,没有开始,没有结束。"

我忍不住笑了起来。我还真没法生这些小矮人的气,尽管他们像乌鸦一样偷东西,脾气还像驴一样倔。

我怀里的那个小矮人轻轻地推推我,我继续抚摩他的脑袋,对其他人说:"在那些正方形的塑料杯子里,盛着圆圆的、漂亮的药片。有好多好多!"

这下小矮人们终于明白了。他们从地上站起来,开始在屋子里跑来跑去。甚至连那个坐在我怀里的小矮人,也从我腿上跳了下去,跟其他小矮人一起在那里转来转去。

他们看起来全都**漫无目的**,但也许这是他们做准备工作的一种方式?

我朝瓦乐眨眨眼睛,我们站起身,离开了这些住在地下的小矮人。

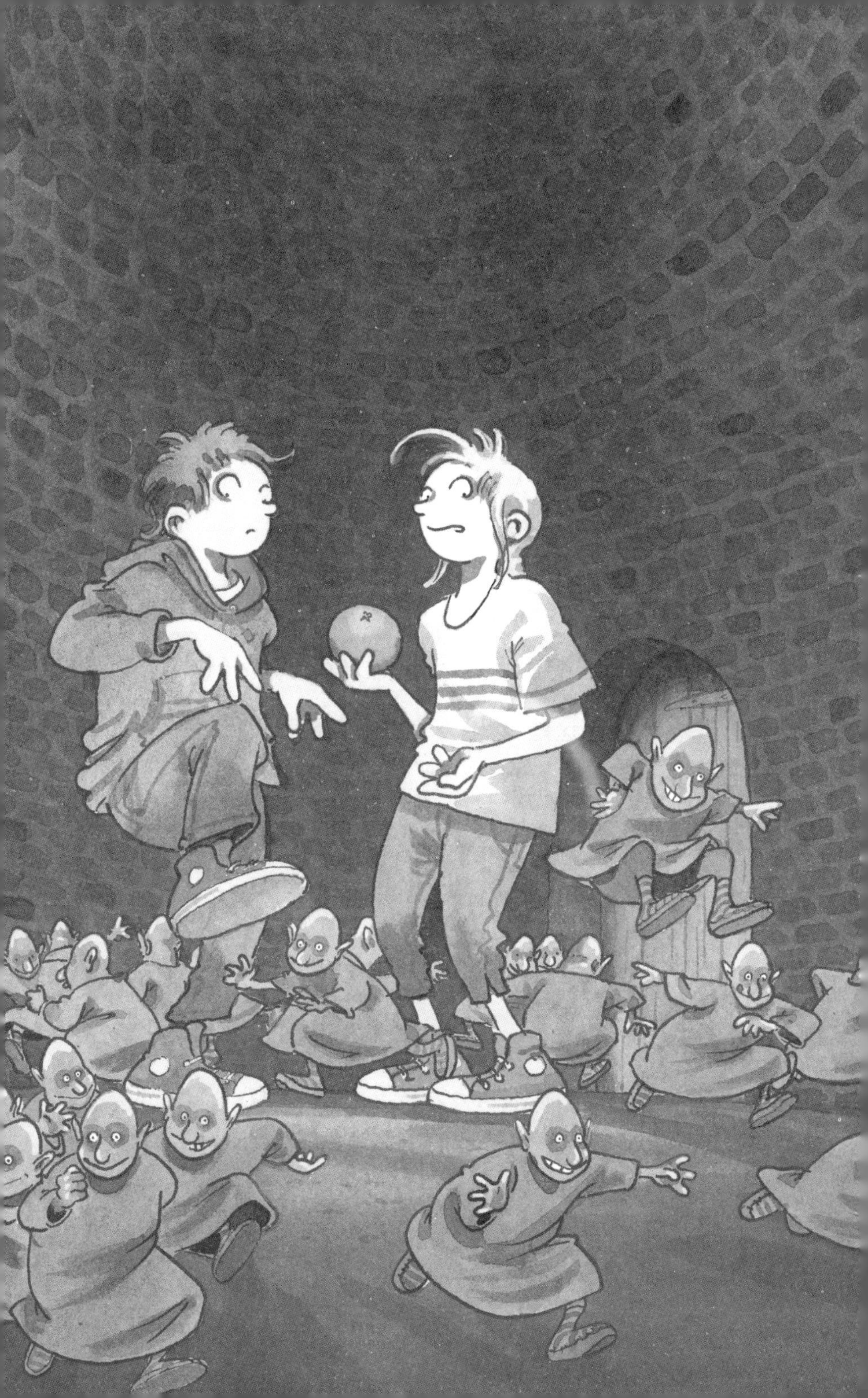

我们沿着隧道往上爬，不一会儿就爬到了外面，回到了锅炉房里。

我把我的想法告诉瓦乐：经营这个花园的"物有所值"护理有限公司，让龚芙发放了很多安眠药，使得那些老人几乎整天都在睡觉。

"可这是为什么呢？"瓦乐问。

"安眠药要比雇用工作人员便宜，"我解释道，"没有园丁、没有厨师、没有保洁员，只有一位负责人，而她让这些老人一直处于疲惫和**无精打采**的状态。"

当我们偷偷潜入门厅的时候，我看见那位记者的名片仍然放在门口的桌子上。

我把它放进了口袋。

"我要借用一下。"我小声地对瓦乐说。

就在这时，我听到会议室里的钟敲了八下。

神秘小矮人

"关于法国艺术的讲座该开始了。"瓦乐小声回应说。

我们悄悄地来到会议室的门口,小心翼翼地打开了门。

会议室里空空荡荡,只有一位女士坐在藤椅上,下巴垂在胸口,打着呼噜。

那是负责人龚芙。

这天晚上,在从文化花园回家的汽车上,瓦乐和我讨论着白天所经历的事情,以及第二天我们该怎么办。

当我告诉他我为什么要在小矮人面前讲起那些安眠药的原因,他终于**豁然开朗**。

"聪明,奈丽,"他说,"这下小矮人们就会去

'借'那些圆圆的安眠药了。"

"这就是镇静、知识和技巧。"我回应道。

"我们就等着看明天会是什么情况了。"瓦乐说。

我打了一个哈欠,伸了一下懒腰。这一天真是又长又充实啊,现在我有点儿累了。

我看了看自己的手腕,通常我都戴着手表,一低头我才想起来我已经把它"借"给小矮人了。

"非常圆,"瓦乐开起了玩笑,"没有开始,没有结束。"

第七章
在花园的夜色中喝咖啡

第二天下午,我们再次坐上公共汽车前往文化花园。一上午我们已经忙了好多事情,这会儿能在座位上坐下来实在太舒服了。

早晨我做的第一件事是找到了"物有所值"护理有限公司的电话。

我打了过去,尽可能让自己的声音变得低沉一些。我对接听电话的秘书说,我知道文化花园里一些**不可告人**的秘密。

她立刻为我接通了经理的电话,我把我所知

道的情况告诉了她：那些老人是怎样被骗着吃下安眠药，好让"物有所值"护理公司能够省下雇用员工的费用。没有厨师，没有保洁员，也没有园丁。

我说，我完全知道你们公司在玩什么猫腻。

他们的经理先是一阵暴怒，但后来当我说，我要跟《特稿日报》的索菲亚·拉尔松联系的时候，她又**闪烁其词**起来。

就在这时我挂断了电话！

快到达文化花园的时候，瓦乐按下了"停车"键，汽车停在了跟前一天同样的车站上。

我们的朋友——那些住在地下的小矮人——跟我们分别之后都干了些什么？遇到了些什么事？对此我和瓦乐都非常好奇。

我们下了车，沿着碎石路往前走，这时一位

怪怪特工队

推着助步车的老奶奶朝我们走来。她是艾尔莎。

"今天天气真好!"擦肩而过时,她跟我们打招呼,"真是一个适合好好散步的日子。"

我们看着她沿着碎石路走远了。

"今天她明显精神多了。"我说。瓦乐点点头。

跟昨天一样,今天同样是一个晴朗美丽的日子,不过今天的花园里充满了活力。

我们朝瓦乐的曾祖父挥挥手,他正捧着他的相机,在那些大树下悄悄地转来转去。

一个女人在处理碎石路上的杂草，另一个人正在给花坛浇水。

龚纳走到瓦乐和我面前，展示他新拍的鸟的照片。

"你今天看起来不那么累了。"瓦乐对他的曾祖父说。

龚纳笑了起来，说他今天很早就醒了，散了会儿步，然后在花园里待了一

整天。

我们在草坪上的一张白色桌子旁坐了下来。草坪修剪得很好。

"艾尔莎今天修过草了,"龚纳说,"我们几个要在花园里喝咖啡,等待今晚的音乐会和戏剧表演开始。"

我们在那儿坐了一会儿,看一个男人和两个女人在玩门球。

"他们显然还没有找到那只红色的球。"龚纳说。

这时文化花园的大门开了,龚芙走了出来,端着一个大托盘,上面放着咖啡和三明治。她迈着疲惫的脚步走在碎石路上,最后来到我们面前,为我们端上食物。

"谢谢!"龚纳说着喝了一小口咖啡。

"你们不打算马上上床睡觉吗？"龚芙试探道。

龚纳看了看他的表，愉快地回答："时间还早得很，才刚过七点！再过一会儿音乐会就要开始了，我们可不想错过。"

随后我们坐在那里，吃着三明治，享受这惬意的夏夜时光。

最后龚纳站了起来说："我们进去吧，音乐会马上就要开始了。"

会议室里椅子摆成了一排一排的，大部分座位上已经有人了，而龚纳、瓦乐和我在最后一排找到了三个空位子。

我们满心期待地看着小舞台上的那架钢琴。钢琴黑色的顶盖上放着一个烛台，上面点着七根蜡烛，在那里发出漂亮的光芒。

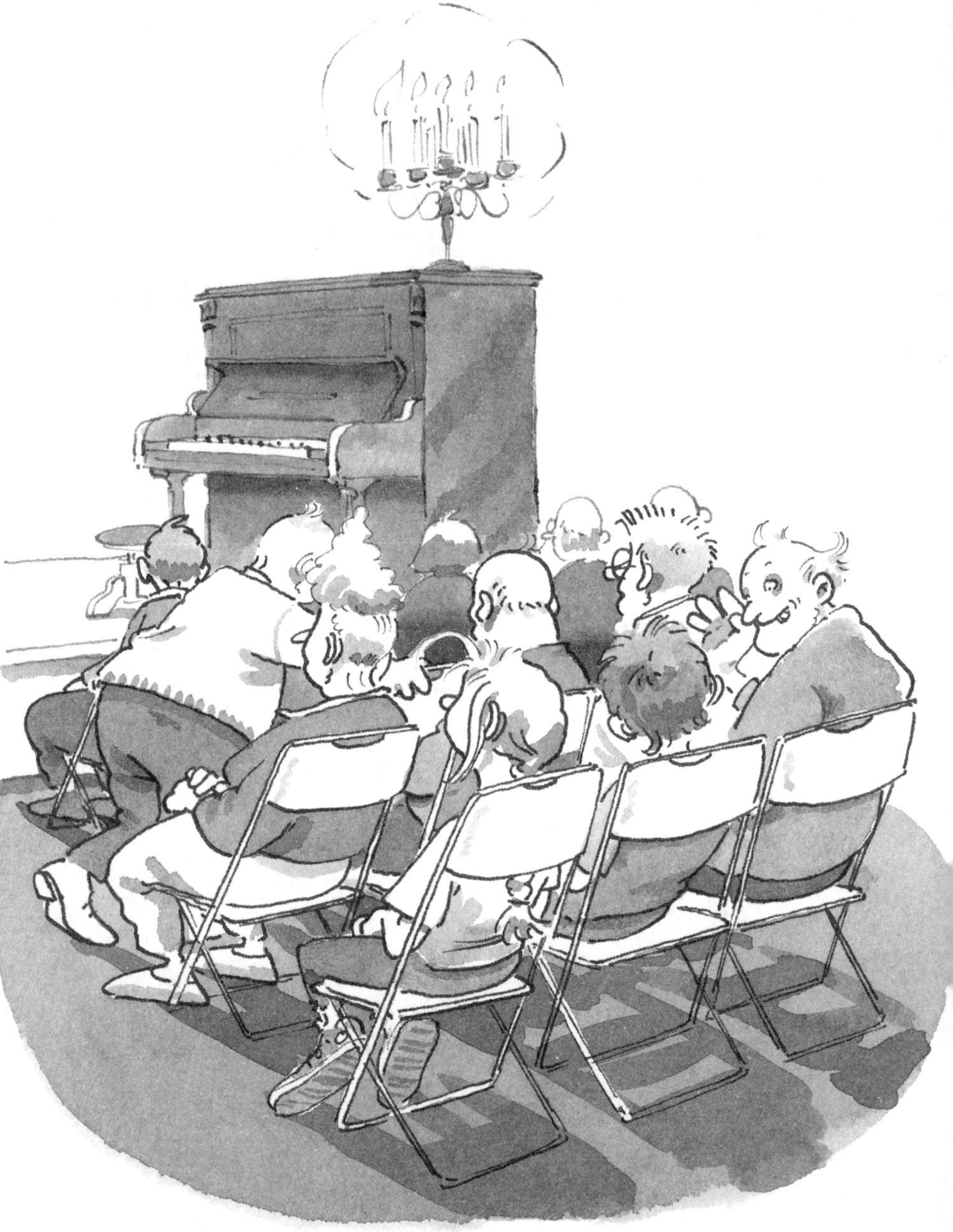

神秘小矮人

当时钟敲响八下的时候,大家的**窃窃私语**声停了下来。

"其实这是我第一次参加晚间的活动,"龚纳小声说,"应该会很有趣吧。之前我总是累得睡着了。"

我透过那高高的窗户看了看外面,发现天已经黑下来了。我心想,昨天夜里那些住在地下的小矮人似乎干得不错,会议室里所有的老人看起来都**精神矍铄**、很高兴的样子。

舞台后面的一扇门打开了,朝钢琴走来的是……

第八章
她真不像话！

……龚芙！

文化花园的负责人已经换下了她之前穿的那件白色大衣。此刻她穿着一条黑色的长裙，踩着高跟鞋，嘴唇涂了口红。

会议室里的老人们惊讶地你看看我，我看看你。

"她可真是个能干的女人，"龚纳用手遮着嘴，小声跟瓦乐和我说，"她什么都会，我真想不通她是怎么做到的。"

龚芙走到舞台边缘,看着观众。她看上去非常疲惫,并且很紧张。

"嗯,"她开口说,"今晚我将为大家演奏一个……一个……该怎么说来着?一个非常著名的选段。不过我可以保证这将是一次全新的诠释。"

观众热烈鼓掌,龚芙走到钢琴前面坐下。她闭着眼睛,等了好一会儿,我差一点儿以为她睡着了。

然后她睁开眼睛,举起了右手,用食指按下了第一个琴键。之后她把同一个琴键又按了第二下、第三下。

我看了看瓦乐,他正张大嘴坐在那里。

"她真不像话!"瓦乐小声说。

龚芙又用食指弹了几个音符。她闭着眼睛,前前后后地摆动上身,仿佛在享受自己的演奏。

怪怪特工队

"这旋律我听出来了,"龚纳小声说,"是《两只老虎》!"

龚芙把整首《两只老虎》又弹了两遍,从头到尾都只用到了右手食指这一根指头。

然后她从钢琴前站了起来，再次走到舞台边缘，对观众深深地鞠了一躬。

会议室里响起了稀稀落落的掌声。

"这还叫文化花园！"我小声地对瓦乐说，"这首曲子每个幼儿园小孩都会弹！"

瓦乐忍不住大笑起来，我对着他做了一个嘘的手势。龚芙生气地朝我们看了一眼，然后说："稍后将是戏剧演出。"

随后她吹灭蜡烛，离开了舞台。

过了一会儿，演出开始了，当龚芙再次出现在我们面前的时候，大家都没有感到特别惊讶。

这一回，她戴着一块红色的头巾，胳膊上挎着一个篮子。

我看了看瓦乐，他用手捂住了眼睛。

"我知道下面要演什么了！"他小声地对我说。

怪怪特工队

我听见他笑得都快背过气去了！龚芙突然用极其尖细的声音说："啊，我是小红帽，我要穿过这片黑漆漆的森林。"

龚芙伸出手臂，向大家展示那些树在什么位置。然后她在舞台上走了几个小碎步——这一段演得很成功，因为她还穿着她那双高跟鞋呢。

坐在我们前面的观众开始有点儿坐不住了。

龚芙在头顶挥舞着手臂，模仿风沙沙吹过树林的情景。这时，我突然感到有什么东西在拍打我的腿。

我低下头，看见我昨天抚摩了一晚上的那个小矮人正站在地板上。我把他抱起来，放到我的膝盖上。

我抚摩他的脑袋，而他则伸长了脖子，想看舞台上在演什么。

"我带了一些食物,要去看我的外婆,"龚芙继续演出,"她就住在这栋房子里。"

龚芙举起篮子,向观众展示那些食物放在什么地方。然后她敲了敲那架黑色钢琴的琴盖,模仿敲门的声音。

这时坐在我前面的艾尔莎突然站了起来。

"我想电视新闻马上就要开始了。"说着,她推着她那辆助步车离开了会议室。

好多老人也跟着她一起离开了。此刻,龚芙把一件毛皮大衣披到肩膀上,故意装出非常可怕的声音说:"进来吧,小红帽,进来,让外婆把你吃掉!"

这时其余的观众也纷纷站起来,离开了会议室。只有龚纳、瓦乐、我和我的小矮人留了下来。

龚芙沮丧地看着那些空空荡荡的座位。这一

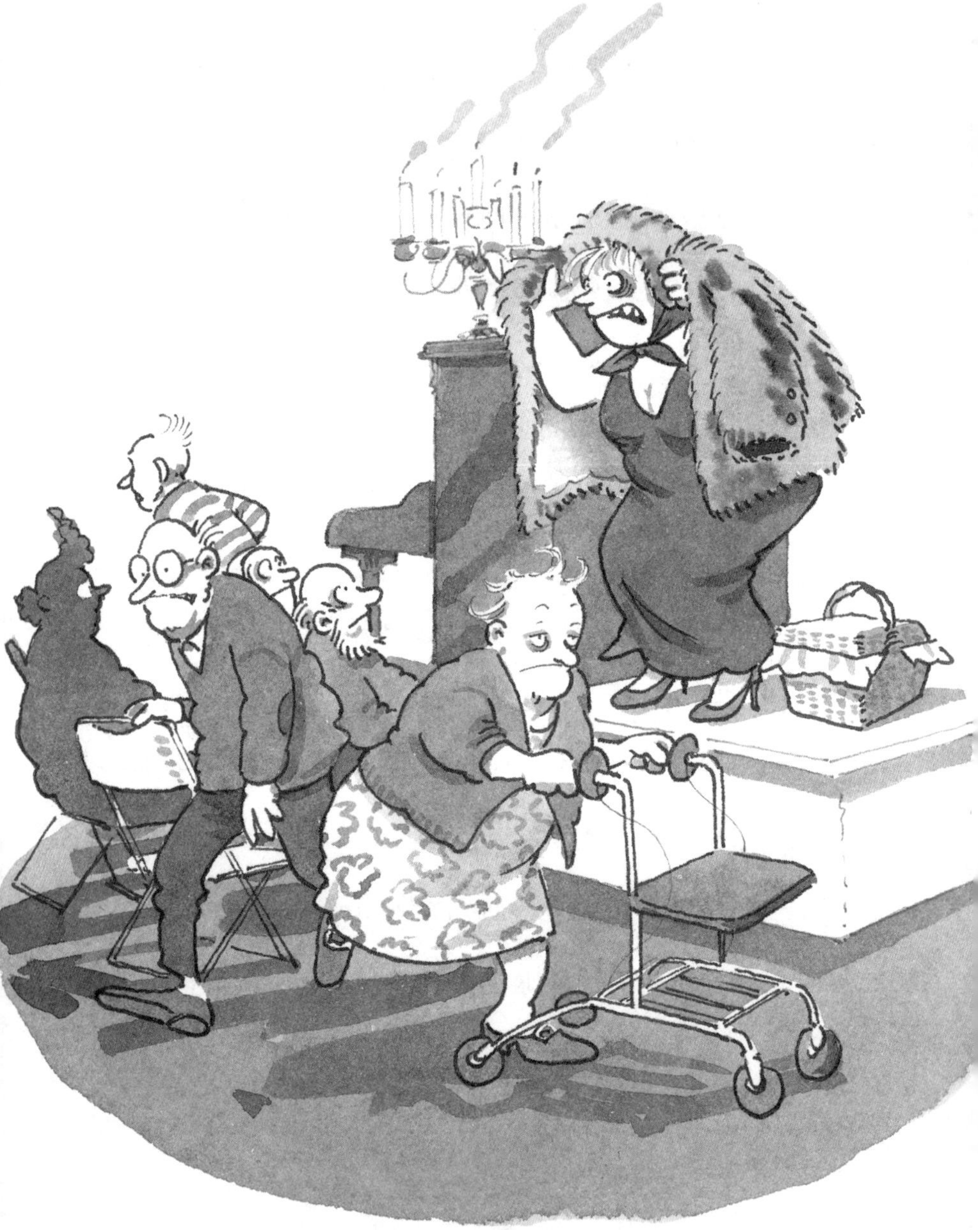

刻,我真的有点儿为她感到难过。

"继续演啊!"坐在我腿上的小矮人大喊道,"这个故事好精彩啊!"

这时龚芙哭了起来。

第九章
谢谢你把它借给我

龚芙坐到琴凳上,身体蜷缩成一团。她用手捂着脸在那里哭泣。我们身后,好多小矮人偷偷地溜进了会议室。

龚纳好奇地看着他们。

"他们是小矮人,"瓦乐向他的曾祖父解释说,"他们住在这栋房子的下面。"

"是这样啊,"龚纳说,他并没有显得特别吃惊,"住在地下的小矮人。我妈妈总是给我讲他们的故事。"

我把"我的"那位小矮人抱到了他腿上,然后我起身走到了龚芙的面前。

文化花园的负责人在她的"狼皮"上大声地擤了擤鼻涕,然后把它扔到一边。

"我不演了,"她说,"我受不了了。"

瓦乐走出了会议室,不一会儿又拿着一杯水回来,他把水递给龚芙。

"今天早上我是那么高兴。"她一边哭,一边朝瓦乐点点头表示感谢。

"你为什么高兴?"我小心翼翼地问。

龚芙长长地叹了口气,说:"我在'物有所值'护理有限公司的老板上午给我打来电话,想把文化花园低价卖给我。"

我笑了起来,想起了早上我给经理打的那通电话。我说我要把这里的事情告诉报社的索菲亚·拉尔松,显然我的威胁对她产生了很大的作用。

"可是现在,我发现我根本无法一个人在这里开展工作,因为现在老人们都变得这么精神矍铄。"

"晚上这里根本没有什么音乐会和演出,对不对?"瓦乐问。

龚芙点了点头。

"这么说只是为了吸引新的老人搬到这里来住。"

文化花园的这位负责人看着窗外,继续说:"他们先是辞掉了保洁员,说我也能把这项工作做得一样好。然后是厨师被辞掉了,最后园丁也走了。我问他们我该如何开展这里的业务,他们给我的建议是给这些老人吃强效安眠药。如果我无法胜任这里的工作,那我也得走人。"

龚芙又哭了起来,她的情绪完全失控了!这时瓦乐的曾祖父走上前来,把那个小矮人放到了龚芙的腿上。龚纳握住龚芙的手,把它放在小矮人的头上,让她抚摩他。

看到小矮人,龚芙也没有表现出吃惊的样子。

怪怪特工队

"他们只会偷东西和捣乱,"她叹了口气说,"不过他们有些时候还是非常可爱的。"

"不是偷,"小矮人尖着嗓子说,"是借!"

"我想了一下,"瓦乐的曾祖父说,"如果你买

下这个地方，那么你可以把那些保洁员、厨师和园丁重新雇回来。你不用每件事都自己做！"

龚芙看了看龚纳。

"我真蠢啊，"她抽泣着说，"我当然可以把他们雇回来！如果我拥有了文化花园，那我就可以自己做决定了。我怎么没有想到这一点！"

龚纳把手放到这位负责人的肩膀上，说："你不是什么坏人，你的心是好的，只是害怕自己被人辞退。但是你的工作强度太大、太辛苦了。"

"我都不确定自己还能不能坚持得下去。"她抽泣着说。

"我们也可以帮忙的。"这时一位小矮人突然说。

"我们喜欢帮助别人。"另一位小矮人也说。

龚芙抚摸小矮人的手停了下来，非常严肃地

怪怪特工队

看着这群小矮人。

"你们可以吗?"她问。

"我们可以打扫房间,晚上可以看管花园,"其中一位小矮人愉快地说,"我们喜欢打扫房间和给草坪浇水。"

"还有削土豆皮,"另一位说,"圆圆的、漂亮的土豆。没有开始,没有结束。"

坐在龚芙腿上的那个小矮人用头顶了一下她,这位负责人突然大笑了起来。

"这也许行得通啊。"她说。

小矮人们围着龚芙坐成了一圈。

"今晚谁愿意去给草坪浇水?"她问。

所有的小矮人全都举起了手。

"明天谁去削土豆皮?"

所有的小矮人再一次把他们的手举了起来。

他们看起来似乎都愿意工作。

龚芙站了起来,去取纸和笔,她要做一张工作表。

我朝瓦乐和龚纳点点头,我们该走了,现在应该让他们自己好好商量商量。

我们在门厅外跟龚纳说再见的时候,一个小矮人跑了过来。

他伸出手,把我的手表还给了我。

"谢谢你把它借给我。"他说完就跑了,回到

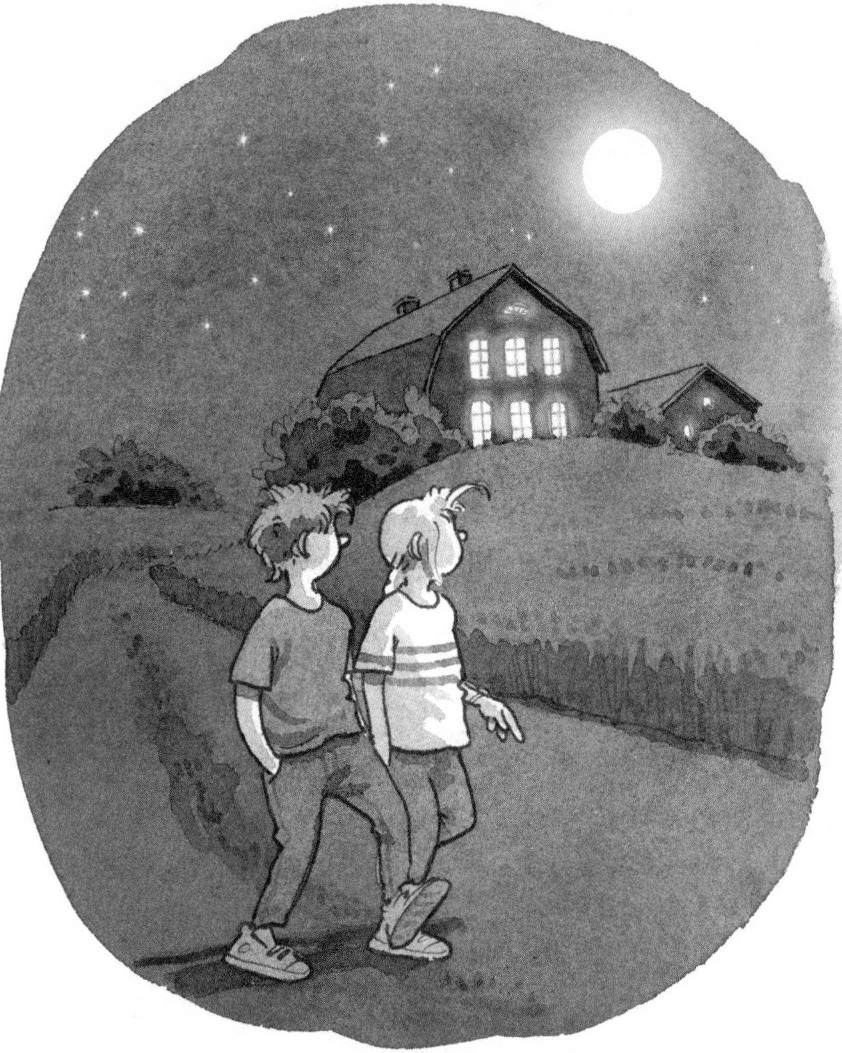

了龚芙和其他小矮人那里。

我戴上我的手表,和瓦乐一起穿过花园,沿着那条碎石路朝外面的公路走去。

我们回过头,朝文化花园看去。一轮巨大的满月正挂在花园的树梢上。

"没有开始,没有结束。非常圆满。"瓦乐说。